LOUIS BOUÉ

RÉPONSE AU POËME

LES

ENTERREMENTS CIVILS

Publié dans la nouvelle série de *La Légende des Siècles*

1878

LES ENTERREMENTS CIVILS

LOUIS BOUÉ

RÉPONSE AU POËME

LES

ENTERREMENTS CIVILS

Publié dans la nouvelle série de *La Légende des Siècles*

1878

RÉPONSE AU POËME

LES ENTERREMENTS CIVILS

Publié dans la nouvelle série de *La Légende des Siècles* [1]

———— >=======< ————

Torquemada là-bas, chez nous Laubardemont.

Dis, est-ce que moi, pâle et flottant passager
Qui veux la clarté vraie et non la lueur fausse,
Je dois faire appeler cet homme sur ma fosse ?

Je vois Dieu dans les cieux faire signe que non.
(VICTOR HUGO. — *Les Enterrements civils.*)

Je ne veux pas qu'on jette mon corps à la voirie... Je
veux que mes funérailles soient aussi décentes que mon
baptême.
PAROLES DE VOLTAIRE. (*Souvenirs de la Marquise
de Créquy*, tome VI.)

I.

Je sortais de l'enfance et j'entrais dans la vie,
Lorsque tu t'emparas de mon âme ravie...
O barde, quels transports, tes magiques accents,
En mon cœur subjugué, maintes fois ont fait naître !
Hugo ! ton large souffle a remué mon être,
Comme le bruit des flots et des bois mugissants.

(1) Tome 2, page 227.

Tu planais tel qu'un aigle au delà de son aire,
Mais ta voix formidable, aux éclats de tonnerre,
Ta voix, qui se mêlait à tous les infinis,
Devenait à ton gré si suave et si tendre,
Que les mères croyaient elles-mêmes l'entendre
Claire et pure monter des berceaux et des nids.

Cette voix chantait Dieu, ses serviteurs, son culte.
Oui, loin de ne l'aimer que d'un amour occulte,
Tu célébrais bien haut son saint nom à vingt ans...
Pourquoi ne veux-tu pas, ô vieillard, que renaisse
Le parfum qu'exhalaient les vers de ta jeunesse,
Les doux vers d'autrefois, ces fleurs de ton printemps?

Ah! je les vantais tous alors, tous, sans partage,
Ne distinguant pas ceux où brillait davantage
L'éclair de ton génie, éblouissant flambeau :
En face du soleil, foyer de notre sphère,
Reconnaît-on jamais le rayon qu'on préfère?
Reconnaît-on jamais le rayon le plus beau ?

Mon admiration allait jusqu'au délire.

Pour célébrer ta gloire, un jour, je pris ma lyre,

Et, du fond de l'exil, tu l'écoutas vibrer.

De ton rocher battu par la vague et l'orage,

Tu me jetas ce cri : « *Jeune esprit, du courage !* » (1)

— Il en faut pour briser ce qu'on vient d'adorer.

Il en faut. Je ne puis, sans me déchirer l'âme,

Renier l'homme, hélas ! que poëte j'acclame ;

Mais puisque, parvenant au terme du chemin,

Quand la terre s'apprête à t'ouvrir ses entrailles,

Tu réclames l'honneur d'abjectes funérailles,

J'accours, ô mon idole, un marteau dans la main !

II.

Naguères, tes deux fils, jouets des utopies,

Tels qu'ils avaient vécu, moururent en impies.

Ils ne voulurent pas, à leurs derniers moments,

Tandis qu'ils te vouaient aux angoisses amères,

Qu'une cloche, pleurant comme pleurent les mères,

Joignît, à tes sanglots, ses longs gémissements.

(1) 16 avril 1869.

Je savais que la croix ne devait point paraître,
Néanmoins, je pensais qu'à repousser le prêtre,
Tes enfants étaient seuls, malgré toi, résolus ;
J'avais, te conservant amour et déférence,
Une illusion chère, une douce espérance...
L'espérance m'a fui, l'illusion n'est plus.

Presque au bord de ta fosse, à la face du monde,
Tu proclames toi-même, en un poëme immonde,
Que, loin de ton chevet, de ton enterrement,
Notre Religion demeurera bannie.
Comment la Muse sainte, à ton vaste génie,
Osa-t-elle dicter ce honteux testament ?

Soit donc ! Nul ne viendra bénir ta sépulture.
Ne crois-tu plus au Dieu qu'atteste la nature,
Au Dieu qui, roi suprême, à l'orgueil met un frein,
Qui jette sous nos pieds cette terre où tout passe,
Et suspend sur nos fronts les astres dans l'espace ?
— Tu crois, dis-tu, tu crois à ce Dieu souverain.

Parle ! Ne crois-tu plus à l'éternelle vie
Dont celle d'ici-bas est tôt ou tard suivie ?
Ne crois-tu plus, poëte inconstant et railleur,
Au monde fait pour ceux que parmi nous accable
L'inflexible rigueur d'un destin implacable ?
— Tu crois, dis-tu, tu crois à ce monde meilleur.

En quelle erreur, ta foi, dès lors, est-elle induite ?
Ah ! voici la raison de ta folle conduite,
La voici : Selon toi, pas un de nos pasteurs
N'est digne de trouver place auprès de ta tombe.
Jamais un droit conseil, de leurs lèvres, ne tombe.
Des maux qu'ils semblent plaindre, ils sont les vrais auteurs.

Ton accusation prétend tous les atteindre.
Il n'est pas un d'entr'eux qui ne tâche d'éteindre
La vérité dans l'âme et *l'aube sur le mont*,
Pas un qui ne soit lâche, ignorant, cruel, traître :
En quiconque est vêtu de la robe du prêtre,
Renaît *Torquemada*, revit *Laubardemont*.

III.

Qu'as-tu dit, insensé ? Ton audace m'offense,
Car des prêtres ont seuls pris soin de mon enfance...
Tu ne les connais point, pourquoi les juges-tu ?
Moi, je dois à mon cœur comme à ma conscience,
De t'apprendre qu'ils ont peut-être ta science,
Ces saints dont tu n'as pas, à coup sûr, la vertu.

Un souvenir pieux me ramène au collége, (1)
— Prison où l'on jouit du rare privilége
De goûter le bonheur, même sans liberté, —
Et j'aime à revoir ceux qui, dans un temps prospère,
Alliant l'art du maître à la bonté du père,
Rendaient si doux le poids de leur autorité.

Ils n'attendent sur terre aucune récompense.
Chacun d'eux, au profit des autres, se dépense,
S'attache au dur labeur que Dieu lui commanda,
Se donne tout à tous et lui-même s'oublie...
Comment affirmes-tu qu'un tel homme, ô folie !
N'est qu'un Laubardemont, n'est qu'un Torquemada ?

---

(1) Collége de Bazas.

..

Quoi ! le prêtre n'a pas des droits à ton estime ?
Tu l'appelles bourreau ? — Je l'appelle victime.
Enfants, il nous baptise ; époux, il nous unit.
Des marches de l'autel au jardin de la cure,
Dans nos villes, il mène une existence obscure...
Que fait cet inutile ? — Il console, il bénit.

Aux plus infortunés vouant ses préférences,
Le prêtre souffre, lui, de toutes les souffrances.
Il sait ce qu'un trépas brise de chers liens...
Instruit des deuils récents et des peines anciennes,
Il s'émeut de douleurs qui ne sont pas les siennes,
Et pleure sur des morts qui ne sont pas les siens.

Qui donc a moins d'orgueil, de haine, d'artifices ?
A d'autres, les plaisirs ! à lui, les sacrifices !
Notre seul intérêt constamment le guida :
Il veut l'église pleine, il veut le bagne vide...
O forfait ! De nous rendre heureux il est avide,
Ce noir Laubardemont, ce vil Torquemada !

N'as-tu jamais franchi le seuil d'un presbytère,
De ce rustique asile où vit un solitaire,
Un pauvre à qui toujours le pauvre tend la main,
Car son pain, mieux qu'un riche, en frère il le partage...
Lorsque tu chercheras ce modeste ermitage,
Les indigents surtout t'en diront le chemin.

Tel qu'un arbre, un clocher le couvre de son ombre,
Et la vigne, l'ornant de son feuillage sombre,
Forme, autour de la porte, un cadre gracieux.
Dehors, rien n'éblouit ; dedans, tout semble austère :
Ce réduit, dont rirait un puissant de la terre,
Humble et simple suffit au ministre des cieux.

Aperçois-tu, là-bas, le curé de campagne ?
Son bâton le soutient et son chien l'accompagne.
C'est grâce à lui que Dieu, chaque année, accorda
Tour-à-tour, à nos champs, le soleil, la rosée ;
Ami des laboureurs, il rend leur tâche aisée.
Est-ce un Laubardemont ? Est-ce un Torquemada ?

..

Ecoute : le tocsin déchaîne sa colère...
Un prélat court dompter la fureur populaire.
L'olivier à la main, il s'est soudain dressé
Parmi les émeutiers blottis en embuscade...
Ils lui font un Calvaire avec la barricade.
« Que mon sang, leur dit-il, soit le dernier versé ! »

Ailleurs sévit la peste... A l'approche d'un prêtre,
Devant l'ostensoir d'or, on la voit disparaître,
Ainsi qu'aux premiers feux de l'astre se levant,
Diminue et se fond la neige sur les faîtes...
L'Eglise a ses héros comme elle eut ses prophètes :
Belzunce n'est pas mort, Affre est toujours vivant !

L'un brava, sans trembler, l'épidémie intense,
L'autre à la paix publique offrit son existence ;
En face du danger, aucun ne marchanda.
— Qu'exige-t-on de plus de ceux que l'on révère ? —
Se peut-il que pour eux tu sois aussi sévère
Que pour Laubardemont, que pour Torquemada ?

Au temps de nos malheurs, ce vaillant volontaire,
Ce sublime engagé, l'aumônier militaire,
Marche avec nos guerriers, les prépare à mourir,
Toujours prompt à verser, quand rugit la bataille,
La force dans le cœur, le baume sur l'entaille,
Ange pour consoler, infirmier pour guérir.

Il accourt, attentif au cri qui le réclame.
De la valeur, chez tous, entretenant la flamme,
Au son de nos clairons, il mêle ses accents;
Et, debout au milieu de notre jeune armée,
Semble, sous les drapeaux, sourire à la fumée
De la poudre, aussi bien qu'à celle de l'encens.

A défaut de l'épée, il s'arme de l'étole.
Ce preux du Vatican, digne du Capitole,
Se signala partout où le canon gronda,
Apôtre par la foi, soldat par le courage...
Voilà l'homme qu'hélas! ta grande voix outrage
Comme un Laubardemont, comme un Torquemada!

L'heure fatale sonne... A la mort on amène
Celui qu'étreint le bras de la justice humaine.
Qui, d'un divin rayon, pare son front blêmi ?
Qui le suit, le soutient, le bénit, lui pardonne,
Et reçoit le baiser effroyable que donne
Cette tête déjà détachée à demi ?

D'un pareil dévoûment, seul, le prêtre est capable :
Il rend soudain, d'un mot, l'innocence au coupable,
Et dompte, d'un regard, le vice audacieux...
Quel prodige, ô Seigneur, accomplit ton ministre !
Du lugubre instrument, de l'échafaud sinistre,
Il fait un marchepied d'où l'on s'élance aux cieux.

C'est lui qui sert d'ami, c'est lui qui sert de père
A tous les criminels dont la loi désespère.
Plus d'un à sa parole ineffable céda,
Comprenant des devoirs qu'il ignorait la veille...
Penses-tu que l'auteur d'une telle merveille
Soit un Laubardemont, soit un Torquemada ?

Nous dira-t-on jamais combien nos séminaires
Forment de ces héros, obscurs missionnaires,
Qui laissent la famille et le pays aimé,
Pour changer en chrétiens d'aveugles fanatiques,
Pour mettre une prière et de touchants cantiques
Sur des lèvres qui n'ont encor que blasphémé.

Même quand la fortune ou le rang les convie
A jouir mollement des charmes de la vie,
Aux bords où la nuit règne ils portent la clarté ;
C'est là qu'ils prêcheront le vrai Dieu qu'on renie :
Si du grand Bossuet, tous n'ont pas le génie,
Du doux Vincent-de-Paul, tous ont la charité.

Bravant la hache, au sein des peuplades sauvages,
Ils planteront la croix sur ces lointains rivages
Qu'avant eux maint martyr de son sang féconda.
Ah ! réponds-moi, peux-tu, dans leur sainte milice,
Légion trop souvent réservée au supplice,
Voir un Laubardemont, voir un Torquemada ?

Qu'avait fait ce pieux Pontife, illustre otage,
Que Paris égorgea ? Qu'avaient fait davantage
Ces hommes, d'un mandat éminent revêtus,
Qui, comme lui, frappés par la force brutale,
Tombèrent, comme lui, dans cette capitale,
Objet de leur amour, témoin de leurs vertus ?

Tous, fils de saint Ignace et de saint Dominique,
Acceptèrent l'arrêt d'un tribunal inique ;
Tous, calmes, confiants, devant l'enfer vainqueur,
Affrontèrent les coups de l'assassin farouche,
Gardant jusqu'à la fin le sourire à la bouche,
Le Christ sur la poitrine et l'espérance au cœur.

Tous furent mutilés, déchirés par les balles
Dont les cribla la main d'infâmes cannibales,
Mais leur voix expirante au Seigneur demanda
Pardon pour leurs bourreaux, grâce pour leur patrie...
Et tu les confonds, toi, qu'égare ta furie,
Avec Laubardemont, avec Torquemada !

IV.

Sois fier, Hugo, d'avoir abaissé ton génie
Au niveau de l'insulte et de la calomnie.
Lorsque l'ordre d'en haut viendra nous séparer,
Lorsque tu descendras sous la funèbre dalle,
La France aura son jour de deuil et de scandale.
Sois fier! Elle devra plus rougir que pleurer.

Sois fier d'humilier cette sublime mère.
Ne songerais-tu donc qu'à la gloire éphémère
Que notre orgueil appelle une immortalité ?...
Entasse par milliers et par milliers encore
Ces instants que du nom de siècles on décore,
Et dis-moi ce qu'ils sont, près de l'éternité !

Sois fier ! Seuls, le sceptique et l'athée auront place,
Derrière ta dépouille, avec la populace,
Tourbe aux instincts grossiers, meute aux bruyants ébats.
En suivant ton cercueil, cette étrange assistance
Ne représentera que l'humaine existence
Dont la mort est toujours la limite ici-bas.

Sois fier ! Tu n'auras pas, pour mener ton cortége,
Le signe rédempteur qui rassure et protége,
Tu n'auras pas ce guide auguste des convois ;
Tu n'auras rien qui parle ou du ciel ou de l'âme,
Ni l'encens, ce parfum, le cierge, cette flamme,
Ni l'imposant concert des orgues et des voix.

Sois fier ! Tu n'auras pas, toi, chrétien, catholique,
L'escorte de croyants qui — dans la basilique,
Au sombre sanctuaire, au vitrail irisé, —
Fait une halte, prie et reprend du courage
Pour aller jusqu'au champ que le cyprès ombrage,
Champ semé de tombeaux et de pleurs arrosé.

Sois fier ! Tu n'auras pas ces longues files d'anges
Qui précèdent la bière, ainsi que les phalanges
D'une garde d'honneur. Sois fier ! Tu n'auras pas
Ce clergé, que poursuit ta rage inassouvie,
Lui qui, devant le char, nous rappelle la vie
Qu'aux justes Dieu réserve au-delà du trépas.

Sois fier, fils d'un soldat et d'une vendéenne !
Sois fier ! De ton passé faut-il qu'on se souvienne ?
Nous te plaignons. Ton vol aux cieux t'avait porté...
Tu viens de replier, aux jours de nos désastres,
Des ailes qui jadis s'ouvraient parmi les astres,
Au sein de la lumière et de l'immensité.

Sois fier ! Ce grand impie en qui s'est incarnée
La révolte haineuse, impudente, acharnée,
Lui-même, à son déclin, n'a pas toujours chassé
Le prêtre qu'avait fait gémir sa raillerie...
Sois fier ! Entends déjà l'histoire qui s'écrie :
Voltaire l'accueillit... Hugo l'a repoussé !

1877.

Angoulême, imp. BAILLARGER, rue Tison d'Argence.